Sainte-Hélène,

OU

SOUVENIR

D'un Voyage aux Grandes Indes,

PÖEME

Par E. Charrière.

PARIS.

CHEZ PONTHIEU, LIBRAIRE,

PALAIS-ROYAL, GALERIE DE BOIS.

M DCCC XXVI.

Ye

40263

Sainte-Hélène,

OU

SOUVENIR
D'un Voyage aux Grandes Indes,

POËME

Par E. Charrière.

PARIS.

CHEZ PONTHIEU, LIBRAIRE,

PALAIS-ROYAL, GALERIE DE BOIS.

M DCCC XXVI.

PARIS, IMPRIMERIE ET FONDERIE DE J. PINARD,
RUE D'ANJOU-DAUPHINE, Nº 8.

Sainte-Hélène,

OU

Souvenir

D'un Voyage aux Grandes Indes.

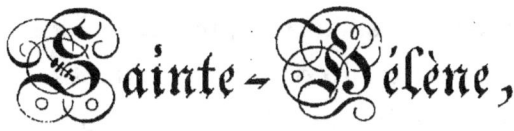

PROLOGUE.

L'Océan me portait aux antiques rivages
Où le Gange a son cours, et cache son berceau.
Un calme menaçant, précurseur des orages,
Sous le second tropique arrêta mon vaisseau.

Les jours nous retrouvaient immobiles sur l'onde :
Mais bientôt l'ouragan s'annonce dans les airs ;

De momens en momens sa voix s'élève et gronde;
Ces sons, dans le silence, expirent sur les mers.
Tout le ciel est tendu d'un voile immense et sombre :
La proue, aux cris du câble, aux clameurs des nochers,
Fend le flot qui jaillit étincelant dans l'ombre ;
Et l'oiseau se recueille à l'abri des rochers.

Mais soudain le tonnerre a déchiré les nues;
L'Océan déchaîné se soulève en fureur;
Les vents semblent rugir dans les vagues émues :
Je vogue environné de tumulte et d'horreur.

Tout à coup mon esprit se transporte en un songe.
Rapide et traversant l'épaisse obscurité,
Le reflet de l'éclair qui luit et s'y replonge,
Me découvre un rocher par la vague insulté :
Le vaisseau, pour le fuir, luttait contre l'orage,
Quand, près du noir écueil blanchi des flots amers,
Un fantôme, à mes yeux, s'éleva du nuage
　　　Abaissé sur les mers.

Les ans, de ses cheveux ont dépouillé sa tête:
Son œil lance l'éclair; son front impérieux
　　　Est triste comme la tempête;

Sa bouche murmurait des mots mystérieux.
L'ouragan à sa voix tombe sans violence :
Il sifflait en fureur, soudain il fit silence.

Le pâle nautonnier est frappé de stupeur.
Un charme qui m'attache à ce spectacle horrible
Rassure mes esprits suspendus par la peur ;
Et je criai de loin au fantôme terrible :

— Comme un astre fatal, apparais-tu pour nous,
Quand les flots devant toi déposent leur couroux ?
Sous l'aspect d'un rocher qui pend en précipice,
Arrêtant à sa voix les vaisseaux dans leur cours,
Pour l'effroi des mortels et son propre supplice,
S'élève Adamastor sur ces mers où je cours.
Son front touche les cieux, ses pieds pressent l'abîme ;
Et du creux de ses flancs que déchirent les flots,
Formés par l'impuissance et la rage du crime,
Ses cris portent le trouble au cœur des matelots ;
Lorsque près d'affronter le terrible passage,
De loin il voit grandir le monstre et le rivage.
Tel le peint Camoëns ; et dans tout l'univers
Ce récit a passé sur la foi de ses vers.
Moi, j'en crois le poëte, un dieu même l'inspire :
Mais tu n'as rien des traits dont il sut le décrire.

Si tu n'appartiens pas au séjour des humains,
Des mondes apprends-moi les mystères divins.
Et sur la terre aussi mes chants peuvent répandre
Les secrets que du ciel ta voix fera descendre.
La nature à mes yeux est comme la beauté
Qui se montre sans voile à l'amant transporté :
Je poursuis l'astre errant dans sa course enflammée,
Ou j'arrache la foudre au sein qui l'a formée ;
Je sais voir en la fleur une âme et des désirs,
De la forêt sonore entendre les soupirs ;
Et souvent par mon art la lyre est animée. —

Alors, et du silence interrompant l'horreur,
Une voix retentit à la foudre pareille ;
Voix jadis sur la terre ouïe avec terreur,
Et dont l'accent résonne encore à mon oreille :

— Contemple cet écueil, dont les flancs sont chargés
De rochers en tout temps par l'orage assiégés ;
Soit qu'il crève à leurs pieds, soit qu'il gronde à leurs cîmes ;
Où murmure à l'entour l'Océan révolté,
De toutes parts immense, et du monde habité
    Le séparant par des abîmes !
J'ai vaincu, j'ai régné : je fus Napoléon ;
Du trône je passai sur ce rocher sauvage ;

Et captif de cent rois qu'assurait ma prison,
Ma course s'arrêta bornée à ce rivage;
Je n'ai plus sur la terre occupé qu'un tombeau,
Et j'ai cherché l'espace en un monde nouveau.
Affranchi désormais des entraves mortelles,
Mon esprit épuré commande aux élémens;
Les vents me sont soumis, je vole sur leurs ailes;
La lumière et le feu forment mes vêtemens.

O terre! si jamais, victime de l'envie,
J'ai maudit ton soleil et blasphémé la vie,
Ma raison m'abusait; dans le monde animé,
L'homme pour la conquête en soldat est armé.
L'existence ici bas lui dut être imposée;
Incertain de l'épreuve à ses vœux proposée,
Il aurait reculé près d'en subir les lois :
Mais la nécessité, sans attendre son choix,
Le pousse vers la lice; entré dans la carrière,
Il entend sur ses pas retomber la barrière;
Le terme est devant lui marqué par un tombeau :
Au delà l'espérance allume son flambeau.

La nature en ce temps rompt le sommeil de l'âme;
A l'attrait de ses biens le désir y prend flamme.
L'homme qui s'ignorait entrevoit sa grandeur;

Et de la vie à peine il goûte les prémices,
Qu'il s'attache aux travaux ou poursuit les délices :
L'amour, l'ambition partagent son ardeur.
Est-ce à lui de chercher le repos dans la gloire,
Quand le sort lui prescrit d'exercer sa vertu?
On ne demande point le prix de la victoire
      Avant que d'avoir combattu.
La fortune l'agite en ses vagues diverses;
Mais, formant au malheur son courage éprouvé,
Il découvre sa force au milieu des traverses,
Et tient de sa constance un génie achevé.

La mort explique enfin cette loi qui l'étonne;
Des nouveaux attributs par l'existence acquis,
Dans un autre univers la puissance s'ordonne :
La nature l'élève au rang qu'il a conquis.
Du mal avec le bien la discorde importune
En lui cesse un combat trop long-temps excité,
Il trouve à contempler sa première infortune,
L'immortel aliment de sa félicité.

Sur ses impressions si l'âme se repose
      Dans le spectacle du passé,
La vie avec leur trace alors s'y recompose;
L'instinct de ses penchans n'en est point effacé :

Foyer des passions, elle rassemble encore
Ces flammes dont l'ardeur l'éclaire et la dévore.
Ainsi le souvenir rappelle à mon amour
Le songe de ma gloire au terrestre séjour.
L'homme a-t-il méconnu, par un oubli contraire,
Tant de soins, de travaux entrepris pour lui plaire?
Vivant, il m'adorait; un regard de mes yeux
Le plongeait dans l'abîme ou l'élevait aux cieux.
L'univers n'a-t-il plus d'âme qui me réponde?
Et moi, j'attends aussi cet arrêt solennel,
Voix du peuple et du temps, conscience du monde,
Qui consacre un grand nom par un culte éternel.

Écoute : c'est en vain que la sphère étoilée
Dérobe aux yeux mortels sa majesté voilée :
Aux esprits de lumière osant se réunir,
La pensée avec eux vole s'entretenir.
Un obstacle éternel m'arrête à ce rivage :
Là, d'une vie à l'autre est marqué le passage;
Placé sur la limite, un simple monument
      Est la borne qui les partage.
La nature, non l'homme, en fit tout l'ornement :
Un saule en deuil s'y penche; au déclin du jour sombre,
Le nocher le salue et pense y voir mon ombre.
S'il est vrai que la lyre obéisse à tes doigts,
Jusqu'au sein de la mort tu peux te faire entendre,

Aux accens du poète elle interrompt ses lois ;
Et ta lyre, ô Français, doit hommage à ma cendre. —

Il dit : l'enthousiasme et son souffle vainqueur
Agitent tout mes sens d'un sublime délire.
Le tumulte des flots a passé dans mon cœur,
Et le trouble de l'âme éclate sur la lyre.

CHANT.

Reçois, reçois mes chants, qu'ils viennent jusqu'à toi
    Au bruit des mers tumultueuses.
Vents, luttez de fureur ; vagues impétueuses,
Montez, frappez le ciel, et retombez d'effroi.
C'est au fracas des cieux qui fondent sur la terre,
Aux éclats de la foudre, aux accents du tonnerre,
    Qu'ici doit retentir ton nom ;
A ce concert sauvage, à sa rauque harmonie,
Qu'il convient d'exalter ton superbe génie,
    Et de chanter Napoléon.

PREMIÈRE PARTIE.

Iʟ avait pris naissance au milieu des tempêtes,
Le siècle que ta gloire ouvrit par tant d'exploits.
Les peuples préparaient de sanglantes conquêtes
    Contre les trônes et les rois.
Tu vins, sans t'engager dans leur guerre commune,
Assister à ces jeux que donnait la Fortune.
Mais bientôt, peuples, rois, vaincus et conquérans,
Tu vis tout s'abîmer d'une même ruine;
Et tomber à la fois sous la hâche assassine
    Les victimes et les tyrans.

Sur la scène du monde, ainsi l'homme contemple
Les hommes malheureux par leurs propres fureurs,
Attendant qu'à son tour il leur donne en exemple
    Le spectacle de ses erreurs.
Mais qu'importe au nocher prêt à braver l'orage,
Si le bord est couvert des débris du naufrage :
Le guerrier s'abandonne aux hasards des combats;
Le poëte inspiré ceint le laurier d'Homère,

Près d'acheter sa gloire au prix de sa misère ;
Le sage pour couronne accepte un beau trépas.

Qu'il soit libre au héros, le champ de la victoire !
Dans un repos obscur trop long-temps retenu,
Il vient chercher sa part de péril et de gloire.
Le sort le condamnait à languir inconnu :
Mais l'éclair se fait jour au travers du nuage ;
Et les Alpes au monde apprendront son courage.
Moins vîte est l'avalanche, à leurs sommets déserts
   Par les neiges amoncelées
   Grossie au soufle des hivers,
Qui s'en détache, roule, et tombe en leurs vallées.

Il part comme un géant ; et, dès les premiers pas,
Il laisse ses rivaux déjà loin en arrière :
L'obstacle accroît sa force et ne l'arrête pas ;
Tout ressent le pouvoir de cette âme guerrière.
Nous le cherchions encor sur la terre ; et nos yeux
   Le rencontrèrent dans les cieux,
   Brillant de gloire et de lumière.

DEUXIÈME PARTIE.

———◦———

Belle Italie, ô toi qu'un barbare soldat
A d'autres ravisseurs dispute par les armes,
Quand ta beauté captive est le prix du combat,
Réduite à déplorer ta faiblesse et tes charmes ;
Tu ne t'informes plus, en proie à l'étranger,
De qui tu dois un jour subir la tyrannie,
Des guerriers de la Gaule ou de la Germanie ;
Mais si du moins leur sang coule pour te venger.

Aujourd'hui de tes monts quel peuple ose descendre ?
Sont-ce là ces Français de Charle et de Nemours,
Qui volaient au carnage en chantant leurs amours ?
D'Émile et de Brutus ils invoquent la cendre :
Rome pense revoir, accourus dans son sein,
Ses fils ressuscités, qui, se levant des plaines
Où sont les ossemens des légions romaines,
Pour chasser le barbare ont passé l'Apennin.

La liberté les suit, compagne de leur bande;
L'aigle sacré les guide, et César les commande.

Mais déjà son courage, ennemi du repos,
Cherchait dans l'Orient les traces d'Alexandre.
Il courait triompher des exploits d'un héros
Aux lieux même où l'on vit leur éclat se répandre.
Que ne puis-je à son vol mesurer mon essor,
Pour le suivre à Memphis, aux rochers du Thabor!
L'Arabe vagabond l'a reçu sous ses tentes :
Dans le sein du désert sa tête a reposé,
Respirant les ardeurs de ce ciel embrasé,
A l'ombre du palmier, près des sources vivantes.
Son nom du temps jaloux ne craindra plus d'affront;
La victoire à jamais l'a gravé sur le front
        Des Pyramides éternelles :
Leur masse vit passer les siècles oubliés;
Et les siècles n'ont fait qu'agiter à leurs pieds
Les sables du désert et les races mortelles.

Quel démon sur la France a soufflé sa fureur?
Menacée au dehors, au dedans déchirée;
La rage des partis de son sang altérée,
Et de nouveau l'enfer vomissant la terreur !

Ton étoile sur nous brilla dans cet orage;
L'espérance nous vint des bords où naît le jour.

Livre aux flots ta fortune : entends sur le rivage
Le cri d'un peuple entier saluer ton retour.
La France à l'étranger semblait abandonnée ;
Déjà tu le frappais au cœur de ses états :
Un seul jour renversant l'ouvrage d'une année,
Un combat lui ravit le fruit de cent combats.

TROISIÉME PARTIE.

———◦◦◦———

Aigle sublime, arrête, où veux-tu tendre encore?
Abaissés sous ton vol les cieux te sont ouverts,
  Et ton âme embrasse et dévore
Des espaces nouveaux devant toi découverts.

Tu peux faire à ton gré que cet âge indocile
Passe de la licence à la crainte servile;
Le ciel abandonna le monde à tes desseins.
Par la gloire déjà le premier des humains,
  Tu veux l'être par la puissance.
Tes égaux sur ta foi croiront en tes destins:
Tu naquis pour l'empire, eux pour l'obéissance.

Comme de vils troupeaux, s'ils doivent à jamais
Répudier leur âme, abdiquer leur pensée,
Méprise les humains tels que tu les as faits;
Mais voici quelle loi ce mépris t'a tracée :

2

Songe à te maintenir plus grand que ton pouvoir,
Tremble si l'homme en toi se laisse appercevoir :
Libre de ses erreurs, exempt de sa faiblesse,
A force de vertus mérite des autels ;
Porte dans tes conseils l'infaillible sagesse :
Si tu n'es pas un Dieu, respecte les mortels.

Qu'un despote sur nous domine par le glaive,
Il prendra pour appui la force qui l'élève.
Il songe sous la pourpre au poignard de Brutus.
Sur le péril commun sa sûreté se fonde ;
Hormis avec lui-même, en paix avec le monde,
Il ressent la terreur, s'il ne l'inspire plus.

Mais de la liberté les camps offrent l'image;
Là, nous redevenons égaux par le danger;
De la patrie encor le culte est en hommage,
On vit pour la défendre, on meurt pour la venger.
La gloire vient charmer la vie aventureuse ;
L'âme sans énergie y reprend sa vigueur,
Et l'homme qui respire une ardeur généreuse,
Presse avec volupté ses armes sur son cœur.

Par la victoire ainsi consolés d'être esclaves,

Et de tes passions les Français animés,
Ne sentaient plus leurs fers, quand des mêmes entraves
Leurs triomphes chargeaient les peuples opprimés.

Seul encore, un rival, gardé par les tempêtes,
Défie au sein des flots la guerre et les conquêtes.
Ou ton astre ou le sien doivent tomber des cieux :
Crains jusqu'en son repos sa vengeance assoupie ;
Tantôt le léopard d'un pas insidieux
Suit sa proie, et de l'œil en silence l'épie,
Tantôt sur elle fond d'un élan furieux ;
Mais si de l'Océan sa présence t'exile,
Que sert à ses vaisseaux de commander aux vents?
Tu bornes son empire à ses sables mouvans ;
Sans la terre, pour lui l'Océan est stérile.

Tu ne t'arrêtes plus : pour un qu'elle a soumis,
La victoire au vainqueur donne mille ennemis.
Toujours rassassiée et jamais assouvie,
Ta vaste ambition, plus forte que l'envie,
Se fatiguera moins, dans sa soif de dompter,
A vaincre des rivaux, qu'elle à t'en susciter ;
Et ton cœur sans alarme, enivré de sa gloire,
Aux changemens du sort avait cessé de croire.

Mais , lorsqu'aux conquérans la gloire a partagé
Le prix de tous les soins qu'ils avaient pris pour elle ,
Quel fruit leur revient-il du monde ravagé?
    Rien que la haine universelle.

Et la haine en secret va toujours s'amassant;
L'injure au fond des cœurs s'aigrit en vieillissant.
Ton audace outragea, jusqu'en ce sanctuaire,
Leurs penchans les plus doux , leurs plus saints mouvemens ;
Un jour verra briser ton pouvoir téméraire,
Par l'éclat conjuré de leurs ressentimens.

QUATRIÈME PARTIE.

Les temps sont arrivés : Napoléon, prépare
Ton âme à la constance, et ton bras aux travaux.
Sur le bruit de ta marche, en leur climat barbare,
L'épouvante a saisi le Russe et le Tartare :
Tu cours te présenter à ces peuples nouveaux,
Et déjà les canons, par cent bouches fatales,
Répondent aux accens des clairons, des cymbales ;
Les aigles, déployant leur vol sur tes soldats,
Entraînent les drapeaux au devant des combats ;
Ils brillent au travers des nuages de poudre
D'où la mort suit l'éclair, et vole avec la foudre :
Toi, poussant dans les rangs ton coursier indompté,
Ce fracas pour ton âme était la volupté,
Tandis que l'œil serein, tranquille avec courage,
Tu semblais à ton gré gouverner le carnage.

Tu crus voir apparaître un nouvel univers
A l'éclat imprévu dont Moscou se décore :
Les chemins de l'Asie à peine sont ouverts,

Et déjà ta pensée en espoir la dévore.
Le songe de l'orgueil ne dura pas long-temps :
Telle qu'une cité, par la mort dépeuplée,
Demeure avec ses murs debout et désolée,
Moscou silencieuse est vide d'habitans.
Regarde : le désert t'est laissé pour conquête ;
Il couvre les apprêts d'une sanglante fête :
Sur des piéges de feu le vainqueur doit marcher ;
Et là, pour couronner son audace imprudente,
Prêt à l'ensevelir sous sa ruine ardente,
Au sein de son triomphe on dressa son bûcher.

Quel sinistre réveil vint éclairer ton âme,
Quand Moscou consumée y réfléchit sa flamme ?
Tu compris ton destin ; et, pouvant l'éviter,
Jusqu'au dernier moment l'orgueil en veut douter.
Tel l'oiseau, fasciné par un charme invincible,
Tombe atteint dans les airs des regards du serpent ;
Libre de fuir au ciel son ennemi rampant,
Il reste palpitant sous son dard invisible.

Il faut à l'univers, vaincu par la terreur,
Un coup qui, t'arrachant la puissance et la force,
Lui signale avec toi la Fortune en divorce,
Et dont l'ébranlement réveille sa fureur.

Sous un ciel nébuleux et sur un sol livide,
Qui respirent du nord l'inclémence homicide,
De ses rangs moissonnés par le froid des hivers,
Seule, la grande armée occupe tout l'espace,
    Immobile au sein des déserts!...
En vain elle avait fui : le fléau la dépasse,
L'entoure, et, devant soi la chassant au tombeau,
Creuse son lit de mort non loin de ces murailles
Où l'incendie allume un funèbre flambeau
    Pour célébrer ses funérailles.

Ils ne s'assemblent plus près de leurs étendards;
Et chacun, entraîné par l'aveugle déroute,
A travers les débris des canons et des chars,
Suit d'un pas chancelant cette lugubre route
Que tracent devant eux les cadavres épars :
Tant qu'enfin le guerrier, au jour qui vient de luire,
Sur ses armes couché, ne se relève pas;
Pour songer à la France, il s'oublie, il expire
Enseveli bientôt sous les pâles frimats.

Qu'as-tu fait aujourd'hui de la magnificence
    Dont tu marchais environné,
Quand toi-même, en spectacle étalant ta puissance,
Semblais un Dieu vengeur au monde consterné?

Alors venaient les rois, ceints de leur diadême,
En pompe humilier la majesté suprême;
Et tous, dans ton palais devançant le soleil,
En silence à ta porte attendaient ton réveil.
Tu traînais sur tes pas les nations en armes;
Au loin on s'étonnait, admirant par quels charmes,
Rangés sous tes drapeaux, marchaient d'un même accord
Peuples et souverains attachés à ton sort.
Ta course, maintenant furtive et solitaire,
Voudrait se dérober même au jour qui l'éclaire,
Dans ces lieux en vainqueur naguère traversés,
Sur ces champs de victoire en fuyant repassés.

CINQUIÈME PARTIE.

———◦———

QUE peut l'homme, déchu de sa force première?
Souverain par la loi qui gouverne les cieux,
Vois marcher le soleil! Tout nage en sa lumière;
D'une chaîne invisible anneaux mystérieux,
Les astres dépendans relèvent de sa gloire:
C'est l'image de l'homme au sein de la grandeur;
Le monde près de lui brille de sa splendeur,
Tandis qu'à sa fortune obéit la victoire.
Mais si par un hazard cet ordre est dérangé,
Tout prend un autre cours; et la race mortelle
S'agite en sens divers, flotte, se renouvelle;
Il est encor lui-même, et le monde a changé.

En vain de nos efforts ta valeur secondée,
Soutint toute l'Europe en nos champs débordée;
Comme un lion tombant redouble de vigueur,

Et, cent fois terrassé, se relève vainqueur.
Les victoires, toujours sanglantes, imparfaites,
Précipitaient ta perte autant que les défaites.

L'homme avait reparu ; le vulgaire étonné
Ne voyait plus en toi le guerrier invincible
    Ni le héros prédestiné.
Tu devais être au monde un exemple sensible
Qui prouvât la vertu , vengeât la liberté :
Si ton cœur, dans l'orgueil de sa prospérité ,
Avait douté de l'une, à l'autre fait outrage,
Ta chute contre toi dût rendre témoignage.

Quel terme à tant d'exploits! mais, pour les couronner,
Un spectacle inoui te restait à donner.
Un homme, sur la foi du destin qui l'inspire,
Chef de quelques bannis , souverain sans états,
Entreprend de marcher, sans armes, sans soldats,
    A la conquête d'un empire.

Et celui qui rendit la vie et le pouvoir
    A l'hydre de la tyrannie,
Aujourd'hui, moins superbe en son nouvel espoir,
Prête à la liberté l'appui de son génie.
La liberté fut sourde à ses vœux inconstans :
Au sort de l'univers sa puissance enchaînée,
De l'homme ne suit point l'aveugle destinée,

Et, conçue avec lui, survit à tous les temps.
Mais, prompt à ranimer une flamme immortelle,
Son culte sort plus pur de l'exil ou des fers,
Reçoit de sa faiblesse une force nouvelle,
      Et triomphe par les revers.
Cette fille du ciel, devenant leur complice,
Eût rougi de devoir son salut aux tyrans,
Tandis qu'elle acceptait le sanglant sacrifice
De vingt-mille Français à sa gloire expirans.

SIXIÈME PARTIE.

Ta chute sur la terre au loin fut entendue :
    Long-temps l'Europe en retentit.
Cet écueil, triste exil qu'elle te départit,
Des mers entre elle et toi mit la vaste étendue.

De tes sceptres sans nombre, et de tant de splendeur,
Changés pour les rochers de cette île escarpée,
Tel qu'on t'a vu des camps venir à la grandeur,
Tu partis, n'emportant que ta fidèle épée.

Présent encore au monde, et déjà mort pour lui,
Le héros sur ces bords avait fait place au sage ;
Et d'un cœur animé de l'esprit d'un autre âge,
Tu méditais les temps où ta gloire avait lui.

Ce fut de ton bonheur l'effet inconcevable,
D'être, autant qu'à lui-même, au malheur redevable.

Tu n'osais espérer que ce siècle irrité
Entre l'envie et toi tînt la balance juste.
Pour t'absoudre à nos yeux, une infortune auguste
    Te couvrit de sa majesté.

Là, ton âme ici-bas ravie à l'espérance,
Ouvrait à sa pensée un nouvel avenir;
Et, pour charmer des jours éteints dans la souffrance,
De sa gloire évoquait le brillant souvenir.

Tel ce fils de Japet, que la fable figure
Enchaîné sur un roc dans l'infernal séjour,
Le cœur incessamment rongé par un vautour,
Et renaissant toujours en vivante pâture;
Mais, malgré les tourmens d'un supplice éternel,
    Et sous la serre qui l'embrasse,
    Il songe encor que son audace
    A dérobé le feu du ciel.

ÉPILOGUE.

Le héros m'écoutait d'un air sombre et tranquille :
On l'eût pris, à le voir, pour un marbre immobile
Qui, dans l'ombre, aux clartés du nocturne flambeau,
Au sommet d'un rocher blanchit sur un tombeau.

Le vent portait les sons à son oreille avide :
Si du feu des combats mon chant s'est enflammé,
Un rayon aussitôt court sur son front livide,
Qu'il relève de joie et d'orgueil animé.
Mais si mon chant plaintif rappelle à la mémoire
Les longs égaremens, les regrets de la gloire ;
Jamais, quand la tempête, avec de sourds éclats,
Aux voiles de la nuit ajoute encor ses ombres,
Une horreur si profonde et des rides si sombres,
   N'ont chargé le front dè l'Atlas.

Le vent souffla de terre, et, d'un cours insensible,

Fit glisser le vaisseau sur une mer paisible.
L'air humide s'épure aux feux d'un jour brûlant
Qui perce le nuage et sort étincelant.
Au loin apparaissait l'horizon gros d'orages,
Et l'île loin de nous fuyait sous les nuages.

Cependant mes regards ne pouvaient s'arracher
A ce fantôme altier, debout sur son rocher.
Je le vis se confondre avec la nue obscure,
Enfin s'évanouir dans le vague des airs.
Je crus sortir d'un rêve : et, sans autre aventure,
Le vaisseau poursuivit sa route sur les mers.

IMPRIMERIE DE J. PINARD, RUE D'ANJOU-DAUPHINE, N° 8.

www.ingramcontent.com/pod-product-compliance
Lightning Source LLC
Chambersburg PA
CBHW060911180626
46818CB00004B/1916